LOCUS

LOCUS

LOCUS

LOCUS

catch

catch your eyes；catch your heart；catch your mind……

catch 57

我與深夜一起清醒

作者：王丹
責任編輯：陳郁馨
美術設計： Sky Design
內頁攝影：何經泰
法律顧問：全理法律事務所董安丹律師
出版者：大塊文化出版股份有限公司
www.locuspublishing.com
台北市 105 南京東路四段 25 號 11 樓
讀者服務專線： 0800-006689
TEL: (02) 87123898　　FAX: (02) 87123897
郵撥帳號： 18955675　　戶名：大塊文化出版股份有限公司

本書所用之詩作其著作年份註明為 1998 年 4 月以前者
曾刊於香港田園書屋出版，王丹所著之《聽風隨筆》
蒙田園書屋慨允取用，特此致謝

總經銷：大和書報圖書股份有限公司
地址：台北縣三重市大智路 139 號　　TEL: (02) 29818089
FAX: (02) 29883028 29813049
初版一刷： 2003 年 1 月

定價：新台幣 200 元

我與深夜一起清醒

王丹

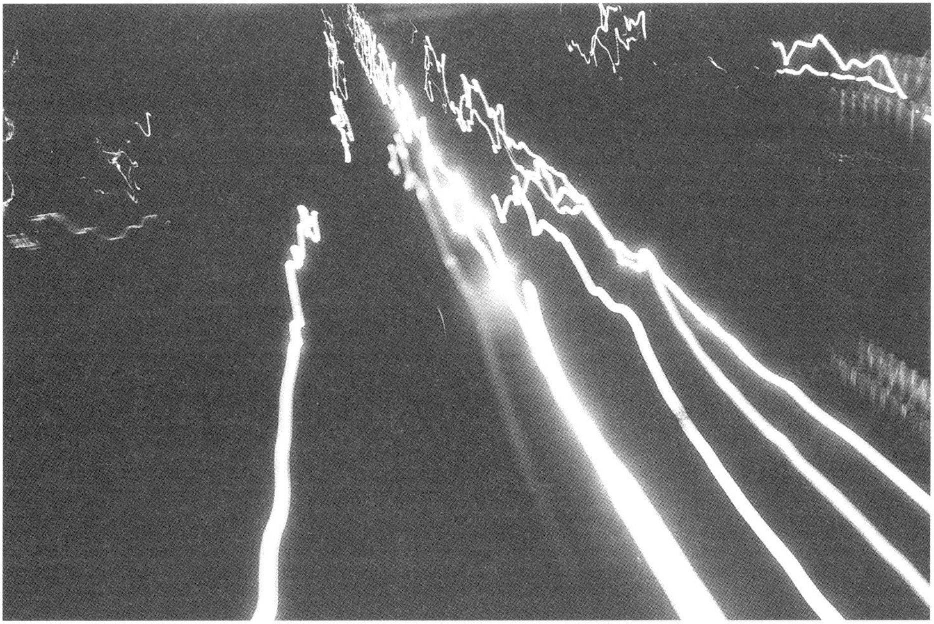

目錄

之二

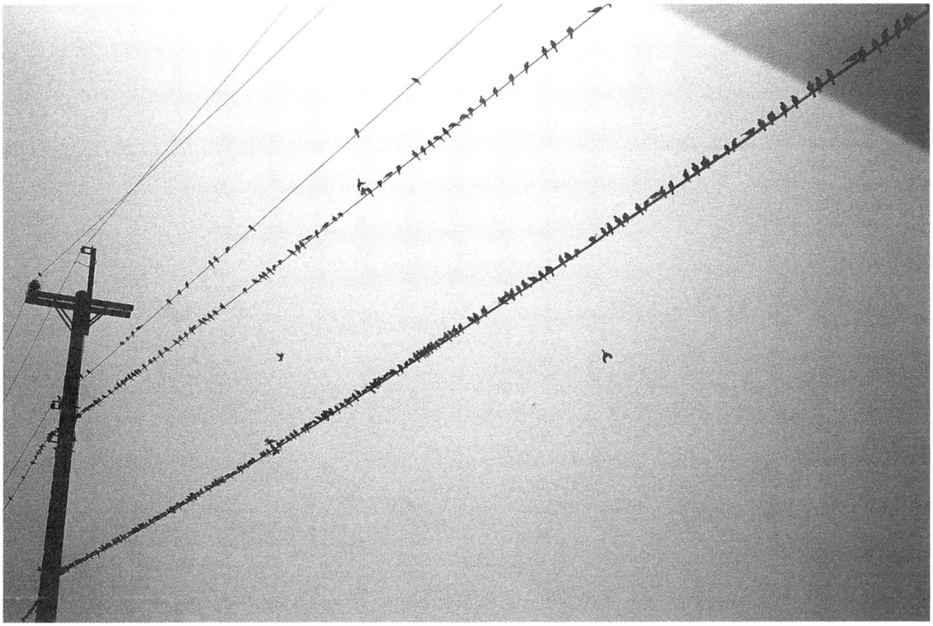

一種溫暖的寂寞

李歐梵

也許因為王丹選過我一兩門課，所以在我印象中，他永遠是一個嚴肅認真的年輕學生。當然，在課外社交中，他那種北京人的幽默——妙語如珠，而且說得又快——是遠近知名的。

王丹當然也是一個名人——當年天安門民主運動的健將，但我從不把他當名人看待，所以我們既是師生也是朋友。他平易近人，每次來辦公室看我，相談之下都覺得十分親切。時間長了，我和妻子都不把他當外人，每次開派對，都忘不了請他。最近一次因一時找不到他的最新電話號碼而沒有請他，心中頗覺愧疚。

以上的「交代」也許不必要，但也許可以為這個小序提供一個背景。我知道王丹喜歡文學，也知道他會寫詩，但從沒料到他會請我為他的詩集寫序。

然而，無論如何，我不能把王丹視為一位詩人看待，正像我不能把自己當作小說家一樣。作為他的老師和親友，我只能把他的詩作看成一種心情的流露，使我更了解這個人。讀完這本詩集，倍覺親切。我想王丹也不願意我板起面孔，對他的詩故作學術性的分析。所以，我願意一反學術常態，談談我的態度。

第一個感覺是王丹成熟了。他已不再年輕，他也像我一樣，充滿了對過去的回憶。然而，在他的詩的回憶中，我們看不到半點政治，也沒有太多激情。這本詩集的基調似乎在其中一首詩中已經定了下來：「無欲則剛」。這種境界，是經歷過一番高歌狂歡的激情之後逐漸衍生的：「當時間以重量／慢慢壓碎玻璃般的感情觸角／我們開始學會／無欲則剛」。

然而這種成熟後的心靈境界，也會「使我們惘然／使我們滋生一種／閱讀之後對閱讀的思念」。詩中這最後一句當然正合孤意：非但以文學為職業的人老是生活在「閱讀」之中，而且對自己的過去的回憶方式，何嘗不也是把它當作一本小說來閱讀？這一種「思念」，已經不再是直接宣洩或直接感受的激情，而是一種平靜，一種溫暖的寂寞：「像水淋淋的秋天／那是黃昏才起的一陣涼風／溫柔地擁抱的那種感覺」（〈我們今天這樣的感覺〉）。甚至可以說這是一種中年人的心態，因為只有到了中年以後才會有這種心情：「一點點用季節的手／輕輕地撫摸時間的無奈」。

也許我不自覺地把自己的心境加諸王丹的詩境之中。這有點不公平。然而，我還是在這詩集之中發現不少時不我予的無奈之感。也許，正如〈關於那年夏天〉那首詩中所說(哪一年夏天？一九八九年？)：「我的無奈如同乾涸的河床／偶爾會在潮溼的季節裡／凝固住流亡者的目光」。一個流亡在外的人，心境是無法年輕的，他對故鄉的思念，在時間和空間的隔離之下更多了淒清，因此我也特別喜歡此集中〈還鄉〉這首詩，甚至覺得它的氣氛和魯迅的〈故鄉〉相似：「那石灰刺鼻而親切的氣息」更似乎是王丹心目中的中國所獨有的，所以才「讓我忽然間雙眼潮濕」。我和他目前都住在美國劍橋，舊房子和老房子很多，然而就是聞不到石灰味。

在這種事過境遷後的「巨大的寧靜」的心態影響之下，也許王丹可以自比為一個無辜的詩人，「面對長久空白的稿紙／我可以狂歌，痛飲／卻寫不下一個字」，但這未嘗不是一件好事，因為寧靜可以使我們反思，而沒有反思所寫下的文字也毫無詩的價值。我認為王丹在這本詩集中展現的恰是一種反思後的心態，它流露出的感情也含有一份睿智，這才是詩的開始。願王丹好自為之。

二〇〇二年十二月八日

（本文作者為美國哈佛大學東亞與文學系教授，並為中央研究院院士，著述甚豐，近作包括《音樂的往事追憶》、《上海摩登》、《徘徊在現代和後現代之間》等。）

花崗岩般的意志與溫泉般的詠歎——我讀王丹

鯨向海

我是不認識王丹的。王丹和他的同志們在眾多坦克車前靜坐絕食高聲吶喊的時候，我還只是一個國中生，而那年在北京大學唸歷史系的王丹二十一歲，他在熊熊的火光前引燃了那個時代冰冷的意志；那時候只記得很多人唱〈歷史的傷口〉這樣一首歌，然後事隔多年，我就長大了，二十一歲還未曾有過什麼傷口的我在做些什麼事呢？那就像是現在更老的我，周遭既沒有學運也沒有社運，我只是安安靜靜，自己一個人走上深夜靈魂的街頭遊行抗議。

如同大多數曾經遭逢變故的人，這世界正變遷為他們無法忍受的模樣，逼著他們必須驚慌地去辯證往昔的信念與運命。他們有的失敗了，有的與當初他們所厭惡的事物融為一體，有的躲在一旁寫起了內心的秘密。詩是秘密中的秘密，彼此最瞭解的人，可能卻不能解開彼此詩中的秘密，詩是無限開放給任何距離的人，特別是像王丹這樣動盪的人。

王丹入獄的時候，他為自己訂下一個龐大的讀書計畫，主要讀四種書：一、台灣出版、梁實秋主編的《名人偉人傳記全集》共一百二十本。二、中國的二十四史。三、世界名著。四、《世界通史》共十本。我們知道他的知識是宏偉的，視野是壯闊的，但正是這樣長途跋涉遠離自己心靈的人，更需要藉詩回返自己一無所知的內心。他寫道：

正午
我坐在無人的街上
沒有人知道我的來歷
霧氣逐漸散去
我異鄉人的身份逐漸清晰

王丹的詩歌並非讓人鼓舞激動的詩歌；既不是像食指〈這是四點零八分的北京〉或者〈瘋狗〉那樣讓人顫抖的，也不像北島的〈回答〉或者〈宣告〉那樣要人震撼的。然而，若是扣合著時代顛覆戲耍的脈動，試圖在其中找尋好玩的或者享樂的部分，卻也是沒有蹤跡。此詩集同時收錄了王丹早年及近年的詩作，相較於前者青澀說愁的抒情，後者儘管仍然是哀傷基調，卻有更多溫暖筆觸與精緻詩想。王丹和現今任何一岸詩壇的距離似乎都是遙遠的，不論網路還是平面詩壇，他都不常被提及；只能說他做為一個民運人士的光芒強烈遮掩了他做為一個詩人的決心；並不代表他的詩就沒有價值。事實上，他的詩所要親近的正是過往現代詩所累積下來的一種與人溝通使人感動的最良好的傳統：我們讀不到激烈的情色，冷醜的反撲，或者冒險的遊戲；我們感受到的是人和天地自然、和自己內心對話的欲望；關於思想及美學、哲思的反覆鑄煉。在他詩中出沒的詩原質，諸如星、花、葉、風、雨、河流、夢、季節等等，並不特別創新；生活於當代，我們當然相信王丹的日常周遭不會沒有手機、馬桶、麥當勞還是偶像歌手這些事物，但他選擇全面地跳脫了都市文明，電腦、基因、資本主義等等顯然不是他那些閃躲的詩意用以附身還魂的事物。即使他偶爾運用了當代意象，也是用一種唯美的方式超越：

那時候太平洋的東岸漂亮動人
我天天在海邊游蕩
而潮聲像存入銀行的存款
供我在夜晚的岸邊消費

正如他詩中所說，宛若「一個永不疲倦的歌手」，王丹的詩追求節奏上的吟詠繚繞，汩汩湧出如泉如流；結構用字精簡曉暢，講究的是清澈見底。他更像是一個武功高手，既不賣弄也不堆疊，因為自信熟練，所以隨心所欲，無論是小花小草或者飄渺雲水，皆可以成為有效的武器，讓讀者我們很容易抵達他詩意的堅實核心。然而，可以到達卻不代表必然有所突破，在這種擅長快樂喜歡胡鬧的集體詩歌氛圍時代，我們實在應該靜下心來，因為我們比前人更沒有本事去體會那正正經經的憂鬱了：

有一些寂寞走了進來
蜷伏在屋角的拖鞋上

我還能說些什麼呢？
在春天的夜晚我穿上他人的拖鞋
在沉默中游走在地毯上

王丹當然是有「問題」的。他因為嘗試解決那些政治與歷史的問題，所以成了我們熟知的那個慷慨激昂的「王丹」。然而他有些問題卻是沒辦法用逃亡、入獄或者演講來解決，所以他和所有其他的詩人一樣，他必須寫詩。他用寫詩來解決這個時代「對四季無動於衷」的抒情問題，解決「不能在暴雨的夜晚獨坐」的意志問題，以及「從什麼時候開始／我們不習慣清醒」此類龐然的哲學命題。所以我們在詩中讀到他如何精神飽滿地歌頌「誰站在風裡／他就是世上最滿足的人」。讀他獨坐想像一條生命所繫的大河，在其中腳步踉蹌，任憑河水淹沒了雙眼，唯一的請求卻是「在這個洪水氾濫的季節／讓我記住你們的面龐」。他察覺自己在巨大的寧靜中，「可以是一枚釘子」，是「一把切開黑暗的刀」，這是他用以保持「與深夜一起清醒」的方式。王丹擅於鍛造各式曖曖含光的隱喻來照亮心中幽微的處境，此乃他做為一個詩人的原因。他確切地掌握了詩與這個世界其他能源所以截然不同的力量，他再也無須遷就那些偉大莊嚴、人影幢幢的政治與歷史；在詩中，他就是政治與歷史的本身，他釋放出了屬於自己的詠歎調：

在這樣一個普普通通的日子，我栽下一棵沒有姓名的樹
把我留下的整個世界，懸掛在碧藍的樹端
我不想注視成長的每一個過程，乃至每一片綠葉的凋落
只要鴿子飛來的那天晚上，讓我喝得酩酊大醉
我會再一次劃亮火柴，點燃那一張張白色的帆

儘管王丹也勸說我們：「可是當時間以重量／慢慢壓碎玻璃般的感情觸角／我們開始學會無欲則剛」，但我們仍可感受到他那無所不在的別有需求。我們看見他在詩中進行大規模孤獨的踉蹌，因為獨行所以清醒；所以「在孤單的時候像絲綢般美麗」。他經常性地召喚美好的往昔：「證明了某些事情曾經發生／彷彿是在一種可能性之中／把時間成排地刻上牆壁／那石灰刺鼻而親切的氣息／讓我忽然間雙眼潮濕」。不斷表明從天地自然中遁逃的想望：「我就這樣走來走去／直到變成一朵酒杯中的花／我聽見雨聲／如青春一樣遁入夜色」。更進一步嘗試各種變身的幻覺：忽而「像燕子一樣潛入夢境」，忽而「成了一匹被淋濕的馬」，忽而是「一個盲人」，忽而是「初入玩具店的兒童」……，凡此種種，我們可以感知他在現實裡反叛掙脫的過程，以及對於單一角色扮演的不能滿足；但不論如何形變演化，詩人將自己置於艱險的境地中，卻用其高貴的思考與同情，使一切黑暗變為光明，無語發出歡唱。所以我們聽見詩人向我們告解：

我有時並不羨慕幸福者的幸福
歲月的流逝總像暗夜中閃光的星星
提醒我留意事情背後的真實
沒有任何真理是能用語言表達的
所以我更喜歡的是黑暗中的一份沈重

如果這些詩不是冠上王丹的名字，而是其他詩人所作，那麼我們仍會覺得那些哀傷都是認真的？這就是王丹和他的詩之間的矛盾關係，我們很難不在他的詩裡，去重新校閱他這個人特殊的生平，雖然他並沒有在詩句間布下坦克車或牢獄，但我們總會忍不住在那些「可能沒有特殊意涵」的意象裡去「想很多」而且「想太多」。這是所有本身就像一首巨大詩歌的詩人必然會產生的對自己詩歌的「共軛效應」；他的形象與遭遇不斷在詩句背後推動牽連著我們閱讀的情境：「這會使我們悵然／使我們滋生一種／閱讀之後對閱讀的思念」。或者這對他那些企圖從他這個人獨立出來的詩歌是不公平的，他的詩句們一呱呱落地，就注定了一生多重含沙射影的命運，如這樣的句子：

在數碼與創意的世界裡
我們以光速奔跑
我們是第一批莫希干人

革命者如王丹，詩思要鞏固的最常是意志和性靈，一般詩人最容易入詩的愛情反而甚少提及。這本詩集中有些詩或者也有傾訴意味，但類似〈沒有煙抽的日子〉那樣情緒的作品顯然不是他的主力。不知這是刻意規避，還是他如同歷史上其他意氣迭宕的革命者一般，心思都在家國民族大業？儘管詩未必絕對詩人自況，但那多少離不開心靈的真實太遠？這本詩集裡，我們可以窺知他仍未能走出第一本詩集〈我在寒冷中獨行〉的漫長的孤寂，甚至更少訴說的對象；只有在最早期零星的詩作裡，讀到他克制的情感：

很久沒有下雨了
我已經忘記了帶上雨傘
而當水順著你的
臉頰　輕輕流下
讓我用什麼
來遮擋你的寂寞

如此叨叨絮絮向一個嚴肅的鬥士要求情詩，或者是我做為一個讀者的一廂情願吧。然而，儘管在《王丹獄中回憶錄》那個具有堅強生命力的王丹，也已在他多首詩中（尤其是第一本詩集）得到了更多印證，他的確同時顯示了他有時也是脆弱無奈的：「但是／假如沒有／可以與我分享春天的朋友／假如此時此地／並不適合應有的心情／那麼／我只能是一個盲人／默默地穿行於四季」。有人或者質疑，詩固然可以展現真誠，但詩也可以展現必須躲藏的那一面，我們如何辨別詩中浪漫孤寂的王丹何時是真何時閃避？正因為詩中的王丹與現實的王丹皆不在場，所以我們可以在那些立體音響環繞的字彙與節奏中，不斷進行廣大的搜索，盡情揣測他必須迂迴隱瞞、必須聲嘶力竭的什麼；那是關於夢的，關於孤獨的，關於精氣神的，關於私密情感的，關於整個時代的，但我也喜歡那僅僅是關於詩的：

我像是無辜的詩人
面對長久空白的稿紙
我可以狂歌，痛飲
卻寫不下一個字

我是不認識王丹的，以上種種支支吾吾的猜測以及感動，果然都是我的偏見與幼稚自己幻想出來的結果。但我喜歡我無須去求證王丹本人的意思，我也願意我不是一個必須裝腔作勢的閱讀者。二〇〇二年歲末，當我所生活的男生宿舍的公共廁所裡，惡臭發黃的衛生紙越堆越高，卻始終沒有人願意挺身而出拿去倒（包含我自己）；當我所乘坐的電梯，每日按時開啟，整棟建築物依然固執地存在或者神蹟從來沒有顯現的意思，我純粹喜歡有人為我們寫這樣蒸騰流動的句子：

我不能給你什麼勸慰
我只有酒
我只有一朵傷感的花
當你疲倦的時候
我只有讓花輕輕綻放
我只有為你斟滿一杯
當你疲倦的時候

最初我曾經驚訝地發現那竟是花崗岩般革命的王丹，然後我釋懷、滿足、感動，那當然／原來也可以是溫泉一般朗誦的王丹。

二〇〇二年十二月八日

（本文作者現為實習醫生，著有詩集《通緝犯》）

還鄉

很久沒有來過了
這條即使在午間
也罕有人跡的大街
那株早已枯萎的夾竹桃
散發不懷好意的香味
而我已醉意微醺
將冬日的陽光一飲而盡

我在街上獨自踉蹌
兩旁的舊房子在風中紋絲不動
這些我曾經相識的景物
證明了某些事情曾經發生

彷彿是在一種可能性之中
把時間成排地刻上牆壁
那石灰刺鼻而親切的氣息
讓我忽然間雙眼潮濕

正午
我坐在無人的街上
沒有人知道我的來歷
霧氣逐漸散去
我異鄉人的身分逐漸清晰

二〇〇二・二・十三

之一

誰站在風裡

誰站在風裡
他就是世上最滿足的人
他的雙腳沈浸在風中
他的衣袖
因快樂而鼓蕩如夏日

誰得到了幸福
他就註定成為一個縴夫
他在一季的里程中四肢疲憊
四季不停於沈默地行走

這就如同我們想起了往事
試圖尋找灑落一地的影子
於是錯拉開一場戲劇的帷幕
在突如其來的掌聲中
我們開成陌生的野花

誰打開奧祕的機關
誰就將隨風而去
我們只能在有愛的時候悲傷
在孤單的時候像絲綢般美麗

二〇〇二・八・三〇

想像大河深處

想像大河深處
霧氣蒸騰，山峰倒聳
曾經以為僅僅是夢境
一瞬間渙然崩散
滿地燈火零亂
於是聽到，鼓聲響起
我腳步踉蹌在高原上

我腳步踉蹌在高原上
風聲過耳如一閃而過的村莊
我親愛的村莊，我親愛的故鄉

那紫色的玻璃窗和一屋燭火
那酒醉不醒的清秀兄弟
在大河深處
在蘆花如雪的春天寂滅

我親愛的村莊
我生命所繫的大河深處
那天我腳步踉蹌
河水淹沒了雙眼
在這個洪水氾濫的季節
讓我記住你們的面龐

二〇〇二・九・一三

拖鞋

我還能說些什麼呢？
那一雙放在屋角的拖鞋已經陳舊
它們曾經因為套在你的腳上而興奮得叫喊
那時我還有些微的不悅　卻
沉浮在目光的海洋裡

現在我與深夜一起清醒
我們一起在窗前坐了很久

窗外的路燈像白晝一樣明亮
我卻像飽脹的氣球隨風搖擺
那想像的風吹起我的短髮
有一些寂寞走了進來
蜷伏在屋角的拖鞋上

我還能說些什麼呢？
在春天的夜晚我穿上他人的拖鞋
在沉默中游走在地毯上

二○○二・十・二

夢境裡的馬

當夢像雨一樣落下
我成了一匹被淋濕的馬
我在黑白格的空間裡奔走
頭上電線橫豎交織在天空
都市的街道浸透了槐花的味道

我走進可以觸摸音樂的院落
那些陳舊的風箏散落在假山上
濕潤的燈光包圍了那個夏天
我已經忘記了的夏天
在似曾相識的童年裡瞬間成長

我成了一匹失去方向的馬
我看見天空的上面
海風吹起大片的霧氣
這樣的朦朧讓我著迷
這樣的雨天裡我看見青苔在歌唱

然後我沉浸入金黃色的草叢裡
在清晨到來之前化作夏天的樹

二〇〇二・十・二八

向一個遠方的詩人問好

在南國燥熱的榕樹下
寫信向你問好
知道你也是愛喝酒的人
隨信附上一瓶五糧液

在無所事事的夏天
希望你放下已經潮溼的筆
也不需要理會窗縫中閃爍的眼睛
今夜，如果你無法入睡
就請你試著猜想我是誰

請你用蒼白的手指撐住額頭
聽水晶球滾動的潺潺聲

請你除去墨綠色的眼鏡
在黑暗中
你不需要什麼防護工具

你只要繼續寫下詩句
在滿地的鮮花中種植音樂
讓你的文字給我喜悅
讓它韻律飛揚，無法遺忘
讓我請你繼續的心願
不是奢望

燈火降臨
遠方的詩人提筆寫作
這是流浪的人流淚的季節
為此我向你寫信問好

二〇〇二・六・二四

巨大的寧靜

巨大的寧靜像一幅壁毯
掛在我因陰雨而潮溼的牆上

它紋理清晰，手感厚實
散發出歲月的氣息

在寧靜中，我可以是一枚釘子
一絲秋天的寒意
或者一朵絕頂上的雪蓮
一聲陽光裡的低嘆
我可以保持一種狀態
像是一把切開黑暗的刀
一直到晨曦微露

巨大的寧靜下
我在無聲的夢裡沈睡
我不知道該不該在夜裡醒來
用真誠的心面對問題
關於被吹動的書頁
或者關於一段往事

我像是無辜的詩人
面對長久空白的稿紙
我可以狂歌，痛飲
卻寫不下一個字

二〇〇二・六・十四

問題

從什麼時候開始
我們變成了一棵樹？
我們到了秋天就開始擺脫樹葉
我們離開舊地就會枯萎？
從什麼時候開始
我們對四季無動於衷？
從什麼時候開始
我們的聽覺有了禁忌？

廣 告 回 信
台灣北區郵政管理局登記證
北台字第10227號

105

台北市南京東路四段25號11樓

大塊文化出版股份有限公司 收

地址：　市／縣　鄉／鎮／市／區　路／街　段　巷　弄　號　樓

姓名：

(請寫郵遞區號)

大塊 LOCUS 文化

Future · Adventure · Culture

謝謝您購買這本書！

如果您願意，請您詳細填寫本卡各欄，寄回大塊文化（免附回郵）即可不定期收到大塊NEWS的最新出版資訊及優惠專案。

姓名：＿＿＿＿＿＿ 身分證字號：＿＿＿＿＿＿ 性別：□男 □女

出生日期：＿＿年＿＿月＿＿日 聯絡電話：＿＿＿＿＿＿

住址：＿＿＿＿＿＿

E-mail：＿＿＿＿＿＿

學歷：1.□高中及高中以下 2.□專科與大學 3.□研究所以上

職業：1.□學生 2.□資訊業 3.□工 4.□商 5.□服務業 6.□軍警公教 7.□自由業及專業 8.□其他

您所購買的書名：＿＿＿＿＿＿

從何處得知本書：1.□書店 2.□網路 3.□大塊NEWS 4.□報紙廣告 5.□雜誌 6.□新聞報導 7.□他人推薦 8.□廣播節目 9.□其他

您以何種方式購書：1.逛書店購書 □連鎖書店 □一般書店 2.□網路購書 3.□郵局劃撥 4.□其他

您購買過我們那些系列的書：

1.□Touch系列 2.□Mark系列 3.□Smile系列 4.□Catch系列 5.□幾米系列 7.□from系列 8.□to系列 9.□喬鹿作品系列 10.□其他

閱讀嗜好：

1.□財經 2.□企管 3.□心理 4.□勵志 5.□社會人文 6.□自然科學 7.□傳記 8.□音樂藝術 9.□文學 10.□保健 11.□漫畫 12.□其他

對我們的建議：＿＿＿＿＿＿

＿＿＿＿＿＿

我們不能在暴雨的夜晚獨坐
尤其不能聽在雨聲中的音樂
為什麼日月一如往昔般輪迴
我們卻一次比一次難以接受？

從什麼時候開始
喜歡紅酒與旅行
喝酒忘掉當下
旅行忘掉過去
從什麼時候開始
我們不習慣清醒

二〇〇二・七・十九

麥田裡的黃昏

給我一盞燈吧，我說
那時我們在麥田裡枯坐
彷彿是一眨眼的時間
鄉村的炊煙就浸入了黑暗

我聞到煙草味
和他身上特有的汗水味道
不用燈我也可以帶你回家
他的回答像泥土一樣結實

這是多年以前的事了
多年以前的兩個少年
一個在水泥森林中尋找縫隙
一個在空曠的麥田裡想像世界

而我無法忘記天上的星群
那一晚紛繁而且稠密
就像是聽了一夜的蛙鳴
令人在夏夜中如風般抖動

二〇〇二・三・八

這個冬天

這個冬天
我像燕子一樣潛入夢境

那時候太平洋的東岸漂亮動人
我天天在海邊游蕩
而潮聲像存入銀行的存款
供我在夜晚的岸邊消費

這個冬天沒有太多的雪
這讓我懷念惡劣的天氣

懷念那輛愛拋錨的老車
它曾在暴風雪中
為我提供一個做夢的地方

我像燕子一樣
輕盈地潛入夢境
因嘴唇觸摸紅松搭建的木屋
淚水順紋理滲入樹幹
而在遠方，在山的那一邊
是在心底點點游動的燈光
它讓我騰空而起
在這洪荒般的角落飛翔

二〇〇二・三・八

夢

三月的季節，我背著槳聲一片入夢
窗外的雨在下午的風裡凝凍
這時的詩歌，是森林中綠色的隧道
我一無反顧，戴著春天的桂冠飛翔

每次我踏入這片森林
月光都一樣優雅而寧靜
如同冬天裡紫紅色的湖泊
它們已經逐漸冰封，水晶般透明

那些獸類，眼光裡微含悲涼
它們在無草的山坡剪貼季節
在狂歡的夜晚迎風肅立
這是寧靜降臨的時刻
燈光結成的花，開放在夜裡

而你如同在積雪中開放
帶著那些冰冷的外表
你像落葉一樣在冬日的天上冷寂無聲

二〇〇二·三·三〇

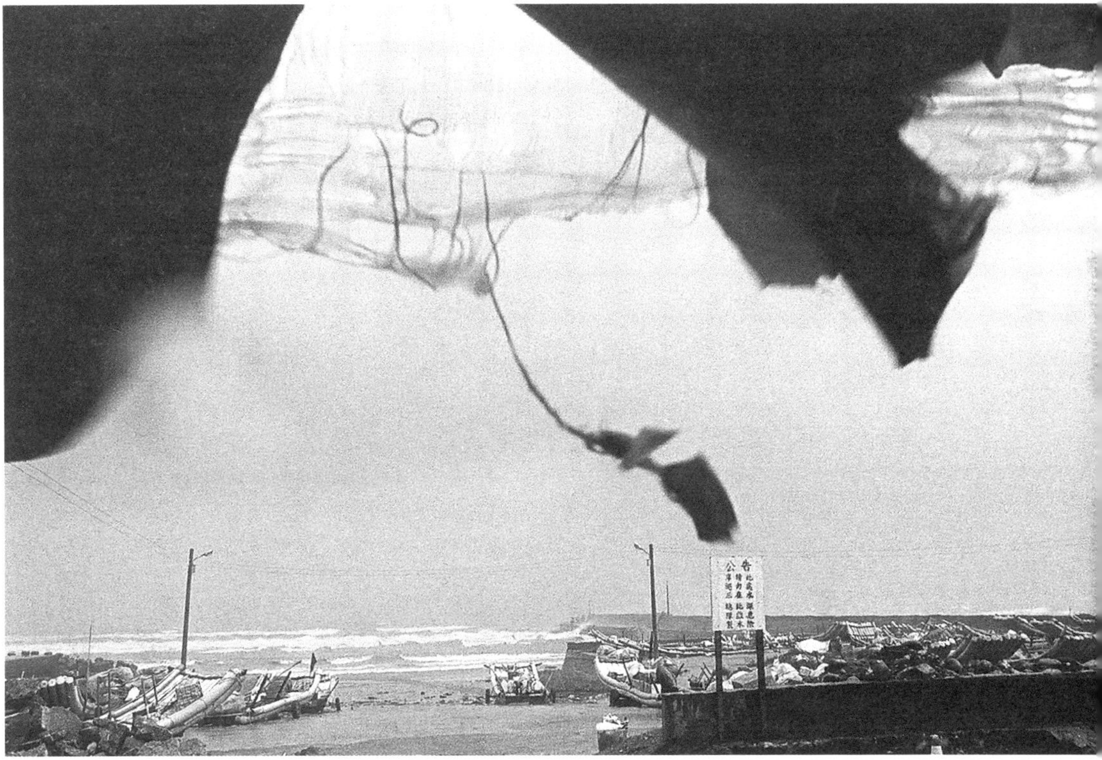

我與深夜一起清醒　王丹作品

城市

這是一座
面無表情的城市
牆皮剝落的老屋
單調地排成昏暗的長街
屋頂的野草搖曳
這座城市隨風一起衰老

這座城市的風景
像戴著墨鏡的雙眼
風把目光吹到很遠的地方

在那裡回頭看這座城市
它的細節在夜晚中浮動
像曝了光的照片
在該有記憶的地方一片空白

這座城市在悲劇的列車上旅行
在我熟睡的時候
它以驚人的速度逃逸
它在噴水池中種植荒蕪
在鬧市中呈現荒涼
它在黎明前被黑暗攻陷
只剩下一地散落的想像

二〇〇二・十・十二

偶然想起

可能曾經這樣哭泣
那一盞桔紅的燈光
在殘風中掙扎的蟬
搖曳在淚水的屏風上

這好像是一個冬天
難得的無奈季節
清晨門前堅冰依舊
路上的行人彼此陌生

那滿眼的故事緩緩已開
落下一院的楓葉塵土
講述者佇立在迴廊下
如一把發皺的仕女折扇

這一切現在已經陳舊
金戈鐵馬都暗寂無聲
只剩下幾十行蚯蚓文字
三兩夜連綿的初冬寒雨
而我偶然地路過夢境
偶然想起

二〇〇一・二・十三

我們今天這樣的感覺

我們今天這樣的感覺
像水淋淋的秋天
那是黃昏才起的一陣涼風
溫柔地擁抱的那種感覺
我們今天這樣的感覺
有一點點無奈

一點點用季節的手
輕輕地撫摸時間的無奈

這是一種逝去已久的溫柔
和依舊寫滿雙眼的無奈
當如水的月光浸滿中天的夜晚
我們今天這樣的感覺
在不知不覺中
靜靜地迎面吹來

二〇〇一・三・三一

回憶

有的時候，回憶就像
從深霧中透出的燈光
這光線雖然暗淡
但迷離而浪漫無邊
它在時間的縫隙裡滲透進行
無從觸摸
也無從脫身

這時我們會屏住呼吸
在方向的海洋裡找尋終點

這就像沒有對手的棋局
在開始之前
已經注定了輸贏

而回憶就因此
在生命的節點上循環出沒
我們緊握住它的觸角
在飛行中暫時歇息

二〇〇一・十・九

下雨的晚上

那個下雨的晚上
我就一直坐著
我一直想聽的一首曲子
像秋天的蘆葦
在潮濕中搖動

我能夠走入這樣的晚上
有賴於下雨的聲音
我少年時代對世界的認識
都在這種聲音裡長大
它陳舊得有如夢境
夢裡我是雪地上的詩人

這雨聲在院子裡召喚我
玻璃中
一個少年臨風而立
於是我穿過樹木的帳篷
走入這個下雨的晚上

我就這樣走來走去
直到變成一朵酒杯中的花
我聽見雨聲
如青春一樣遁入夜色

二〇〇一・九・十六

童年

在那條灑滿陽光的小街中
我的童年若隱若現
那是一種清晰而不可觸及的
記憶

它潛伏在時間的據點裡
當慵懶的滿足被體驗時
遂浮現出來

以溫暖的光芒
照亮一雙微閉的眼睛

那時我有一種
來自幸福的莫名失落
這如同冬日的荒島溫室
如此清晰
如此溫暖
如此遙不可及

二〇〇一・十・二三

水邊

我坐在水邊
薄冰的反光靜靜的懸掛在
冬夜的樹梢
像黑暗中的太陽
像寂靜中一聲嘆息
有果實應聲而落
無聲地沉入湖底

我用無奈觸摸空氣

感覺隔了一層彩釉般的淡雲
草叢在腳下疾速倒退
它像面具下的風
沉重地叩擊耳鼓

我坐在水邊
坐在清澈的夜色裡
有花忽然開放
在潮濕的角落裡搖曳

二〇〇一．十．二三

關於那年夏天

那年夏天我的無奈
如畫框中的冬天
我坐在靜默如水的屋中
滿地是光線的紋路
陽光呈現古典式的美麗

那是一個依舊悶熱的夏天
腥味在風中游走
汗水在臉上爬行

我的無奈如同乾涸的河床
偶爾會在潮濕的季節裡
凝固住流亡者的目光

關於那年夏天
已經失去的記憶
關於在黃昏的河畔
一扇窗口的風景
我都是在不經意間
輕輕拾起的

二〇〇一・七・三一

我們是第一批莫希干人

我們生活在格林威治時間裡
面色蒼白
叢生的慾望覆蓋雙眼
在一天的時間裡
無數次穿越沒有界標的國境
我們有一顆透明的心
有一張五色的臉

我們在森林中長大
在咖啡的香味中自我愛撫
比起化石般的苦澀
我們更熟悉異域情調

當殭硬的岩層綻放花朵
我們在鼠標上翩翩起舞
用軟件緬懷先人

倘若青銅融化成風
我們將滑翔在星球上空
不答江河如何切割山谷
不答歲月怎樣盜竊笑容
我們只在銀色的潮流中呼吸

在數碼與創意的世界裡
我們以光速奔跑
我們是第一批莫希干人

二〇〇〇・十二・六

所以

所以我會放歌
騎快馬超速在午夜的公路
所以我會逐一打點
暗自綻放的每一朵綠色

這是因為
在眾聲喧嘩的季節之後
你在無聲中奔湧而出
如天空中懸起一盞紫色的燈籠

讓我可以在夏天收割冰雪
就像那一個漫長的期待
以色彩的形式終於浮現
於是我摘下船頭的每一粒海砂
在航海日誌中低聲複述

那是一個無可挽回的過程
一座沙漠中的海上宮闕

二〇〇〇・八・十三

無欲則剛

當我們追求一種美麗時
所有的情感都是活躍的，積極的
我們會在逼近幸福時高歌乃至雀躍
而在迷失的階段晝夜狂飲

當我們有所慾望時
痛苦是壯烈的
悲傷也擲地有聲

我們生活在真實中
在秩序的旗幟下步履堅實
可是當時間以重量
慢慢壓碎玻璃般的感情觸角
我們開始學會無欲則剛
這會使我們惘然
使我們滋生一種
閱讀之後對閱讀的思念

二〇〇〇・四・七

少年行

曾想起江湖夜雨一盞青燈
屋檐下的白衣少年手握古卷
那是幾百年前的一個夜晚
又一個孤寂的旅程即將展開

我彷彿透過潮濕的霧
親手撫摸他眼中的冰涼

看見多少塵土飛揚的故事
在昏暗中灼灼地發出熒光

那應當是一柄自墓中躍出的長劍
曾劈開如雨的落花
星散在瓜洲渡口
如同長滿青草的地毯
送過客的背影隱入黑暗

二〇〇〇・十一・十四

那個人老了

那個人老了
他躺在院中的藤椅上
乾枯的臉如落葉

陽光那麼厚重地塗滿全身
在下午的蟬聲中
他的視線飄忽迷離

那個人老了
他一動不動地坐著
聽院外的叫賣聲落滿一地

他像那棵樹一樣平靜
看灰塵在陽光中相互追逐
直到暮色淹沒所有光線

二〇〇〇・十二・六

藥局

名流藥局

之二

希望

我還有風雨中散落的花瓣
在夜晚的桃樹下燦若星空

一九九七・十一・十二

我在灑水的街上自言自語

我在灑水的街上自言自語
我在每一隻鴿子的腳上拴上楓葉和手絹
遠處青色的山崗埋著昨夜颸走的沙土
我在灑水的街上悼念一種混濁的清潔
已經到來的秋天在窗角上凝結成三角形
無數眼睛在風中閃閃爍爍

在它們牽掛成絲的一片銀白中
我想起曾有的啤酒、小飯館和朋友的微笑

在這樣的清晨我總會早早地起床
我打開一本燙金封面的相冊，眼睛裡卻出現一本書

這是一個沒有星星沒有月亮的晚上
這是一條沒有波浪的河流

一九九七・六・二十三

在折疊的歷史裡，我不說話

在折疊的歷史裡，我不說話
我平靜地注視
一行行排列成的漢字

我不說這就像鮮血和白骨
它們在鼓聲中托起太陽
我也不說這一切都似曾相識
就像秋風反覆吹拂原野

我不說話
語言成了人體的盲腸
我甚至希望也不去想
讓時間成為一支木槳
把格言划向歲月的彼岸
讓它們在下一代人的目光中
逐一凝固

那種目光
但願因此而如同
鍍金的河流

在折疊的歷史裡，我不說話
其實無聲就是一種語言
它使我結識了許多靈魂
這些曾經的生命依然栩栩如生
如同雕像而又不是雕像

在折疊的歷史裡，我不說話
消失的雨聲
打在圖書館寬大的窗上
我看見雨中有一匹馬疾馳而來
四蹄翻飛濺起的泥點
像山谷中吹來的花瓣
灑落在紅色封面的書上

一九九七・四・十四

生日

在不為人知的群山深處，我留下二十八雙腳印
我留下一片燃燒的森林，和無數星星般灑落的灰燼
我留下黑色的眼睛，它迷惑地注視著晨光中的遠方
我留下海裡的菊花，在飛濺的浪花裡迎著西風歌唱
這樣可以使我在沈默的時候，亮起喑啞的歌喉
讓所有歡笑的陽光，在每一片希望的葉子上刻下深深的斑痕
我留下淚水、痛苦和回憶，也留下一枚老唱機上卸下的鑽石唱針

我留下倒塌一地的廢墟，讓它在夕陽中發出青銅的光芒
我留下月亮下變幻不定的光影，和穿行在平原上的列車
當汽車鳴響的一瞬間，所有的天空都下起檸檬色的雨

在這樣一個普普通通的日子，我栽下一棵沒有姓名的樹
把我留下的整個世界，懸掛在碧藍的樹端
我不想注視成長的每一個過程，乃至每一片綠葉的凋落
只要鴿子飛來的那天晚上，讓我喝得酩酊大醉
我會再一次劃亮火柴，點燃那一張張白色的帆

一九九七・二・二十六

那一年夏天

讓淡漠的液體滲透眼簾
感知春天中的寒冷
我就像初入玩具店的兒童
欣喜若狂而又茫然無措

已經不是第一個花好月圓的夜晚了
不是第一杯略含苦澀的咖啡
而目光依然蒼老　而且筆直

當熟悉的刺痛再度浮現
心就成了放飛的風箏
我在喧鬧的城鎮中席地而坐
陽光燦爛　浮塵四起
所有行人都面帶白色的笑容

我想起宗教在這個世界裡的命運
想起倔強地獨立行走的盲人
也許曾經有過燈火通明的歡宴
那時我們不怕輪迴也不需要手杖

而現在我坐在地上
泥土滋潤了歲月的臉龐
有些人老了　有人已經死去
他都曾折斷過菊花的枝條
我知道我也在這條路上蹣跚著
路旁的景色越來越不新鮮
這就像那一年的夏天
盛開的月季覆蓋在山崗
當薩克斯樂曲響起的時候
我忽然無語　熱淚盈眶

一九九五・九・十三

我曾在夏天的雨中默默無語

我曾在夏天的雨中默默無語
心情時而沈重　時而輕鬆
如今我已不是沒有閱歷的少年
可以在這樣的天氣裡無動於衷

有時想起那些至今仍無法忘記的情景
在當時似乎並沒有什麼份量
也許生活就是這樣沈悶而漫長
讓人時常有一些遺憾
為什麼寶貴的價值只是在回憶中浮動

我有時並不羨慕幸福者的幸福
歲月的流逝總像暗夜中閃光的星星
提醒我留意事情背後的真實
沒有任何真理是能用語言表達的
所以我更喜歡的是黑暗中的一份沈重

我站在屋內望窗外的雨
窗外的雨下在我的心中

一九九五・八・五

夢見花開

我用左手握住右手的拇指
就這樣盤膝而坐
夢見花開
青色的山崗
血玫瑰和綠芙蓉
影像重疊，交替開放

我用風滋潤乾涸的眼角
默然面對群山
一張發黃的照片
一面旗幟的一角
一頭濃密的白髮

我就這樣細細地梳理歲月
讓時間從指縫中流走
這就像黎明從星夜中走出
回首眺望
沿途掛滿不乾的露珠

我就這樣大口咀嚼歷史
直到牙齦出血
把回味染成鮮紅
於是夢見花開
青色的山崗
血玫瑰和綠芙蓉

一九九四・六・四

第一聲蟬鳴

第一聲蟬鳴
我從窗外
摘下一片夏季
目光很久很久地遊蕩
視線沒有方向
黃昏如雨
雨後
枝頭凝滿記憶

第一聲蟬鳴
夜色化入
綠色的波浪
而溫馨的靜默
瀰漫而出

第一聲蟬嗚響起的時候
我似乎總要
在信紙上寫下什麼
儘管沒有投寄的地址

寫下一張照片
那曾攝入心府的印象
在夏季開始的一瞬
我曾以怎樣的心情
在陽光下
擺成一副期待的姿勢

一九九〇・六・十二

星旗

沒有暗如午夜的鐘聲
沒有序曲
我們出發
山的陰影是我們的航標
黃昏是我們緩緩的思緒
我們出發
起點是過去

如果整整一個歲月的輪迴
仍然無法抹去歷史的斑痕
就讓我們沈默吧

讓我們繼續
當心情在今晚陸沈
流星劃過記憶
我們不再用感覺揮別
因你正向我走來
目光遙遠
樹與樹相向而行

我們出發
彼此相視的雙眼
是冬夜的星旗

一九九〇・六・四

蒼白的月光，柔和的夜色

蒼白的月光
柔和的夜色

投子的聲音如虛空中的口哨
「森羅萬象總在遮一碗茶裡」
大師沒有笑容
手緩緩地搭在碗上
「森羅萬象卻在什麼處？」

蒼白的月光
柔和的夜色

我總要在路上走下去
歷史如幽靈的眼睛
走了很久我仍然
不敢正視嚴峻的目光

腳下的泥土真的是路嗎？
流逝的真的是時間？

蒼白的月光
柔和的夜色

當太陽與月亮
同時發出清淡的光芒
同時懸浮在夜的窗上
我會不會以無力的思緒
緩緩倒向沈默
沒有月光的夜晚
煙頭就是方向

蒼白的月光
柔和的夜色
而月光蒼白
夜色柔和

一九九〇・五・十八

我是一個盲人

不要因為你可以
夾一片綠葉於信中
就告訴我什麼
有關春天的信息

其實
在我的窗外
也已有無限的春意在生長

但是
假如沒有
可以與我分享春天的朋友
假如此時此地
並不適合應有的心情
那麼
我只能是一個盲人
默默地穿行於四季

一九九〇・四・十二

那一晚星群閃爍

1

我曾在曠野口漂泊流浪
總是在尋找著什麼目標
而又總是
在西風中失望

但我仍忘不了
那一晚星群閃爍
一如無法忘記
你曾帶給我的快樂

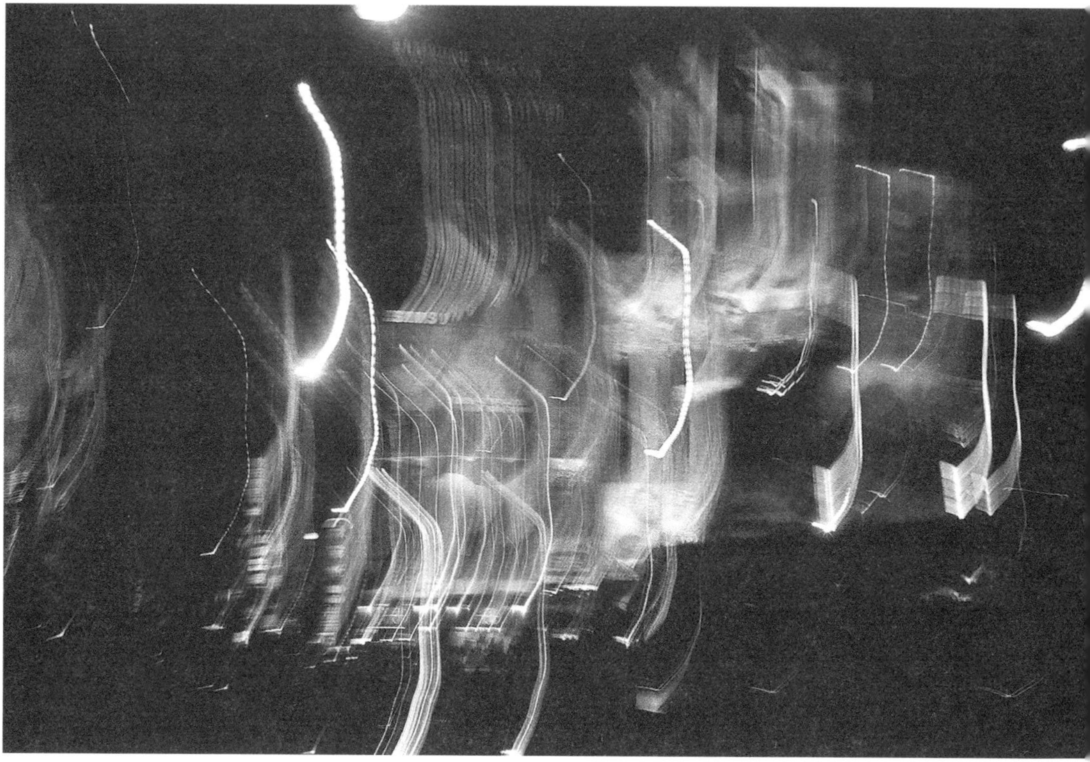

2

你說過你喜歡漫步
在人生如花的庭院
你說你想在每一片陽光下
都寄託上一縷凝視
希望在其中
能看到人類起初的心願

那一晚星群閃爍
而夜光晶瑩
你是否還記得
你所講過的每一句話
似流火
在星河中穿行

時光穿梭
可我仍忘不了
那一晚星群閃爍

3

所有故事都在雨中
開始
難道也都要在月光下
結束
所有尋覓都是詩篇啊
都是走不盡的出路

當千朵冰凌花
凌空飄然而逝
你是否還記得
相識如露水一樣淡然
而感情
竟如綠葉一樣樸素

4

雖然青春正在慢慢凋零
但我仍在做著
十六歲時設計的一個夢
夢想會有春潮般的溫暖
融化開堅冰一樣的孤獨
無論在天涯的何方
我一直在用心雕琢
窗外無心而過的秋風
而歲月真的是長河嗎
為什麼我剛要拋錨
又要匆匆地於子夜登程

我已經走過了許多地方
可是那一晚的星群閃爍
仍舊無法遺忘

所有的幻想都已羅列在眼前
請你隨便選擇吧
只是不要拾起
我曾有過的沈默
那時我面對枝頭上的積雪
只有閉上雙眼
只有無言

5

那一晚夜色美好

我們原可不必
再眷戀舊日的黃昏
就讓心情化為竹筏
在溶洞中向暗處延伸
這樣
也許我們可以珍藏笑容
如珍藏春天
於昨日寫下的詩中

6

那一晚星群閃爍
閃爍如都市的燈火
生命中所有的盼望
都在寂靜中流過

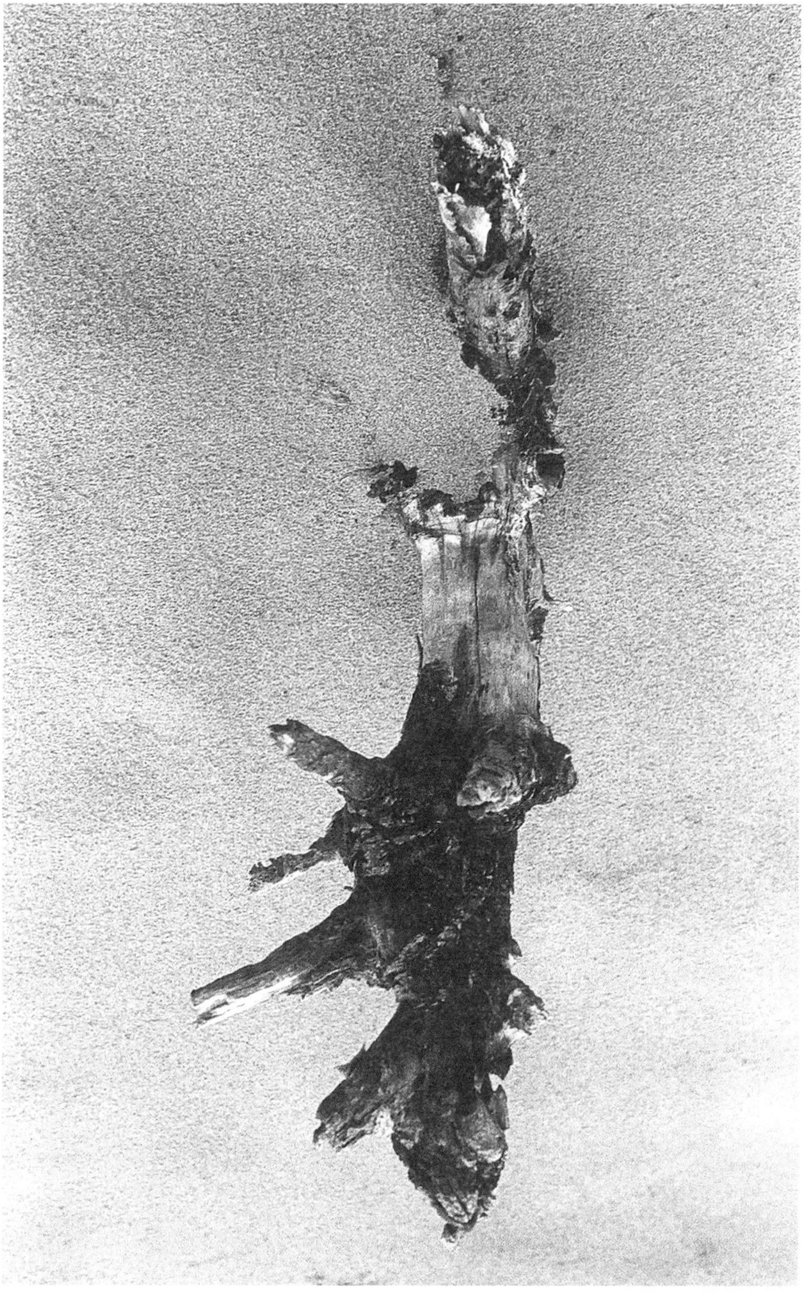

7

讓我們用北極的冰岩
編織一個美麗的傳說
說是在一個冬日的夜晚
曾有過怎樣的心的交合
交合如我們所無法捨棄的
那一晚星群閃爍

一九九〇・二・二五

那樣的日子

那樣的日子已經來了嗎
那樣的日子

很久沒有下雨了
我已經忘記了帶上雨傘
而當水順著你的
臉頰　輕輕流下
讓我用什麼
來遮擋你的寂寞

那樣的日子
我會長久地注視

那輪舊日的夕陽
而且無法抑制地幻想
你也會在風中
無奈於時間的悠長

已經不容任何懷疑了
那樣的日子
已經到來
就像那朵山中的勿忘我
已經在春天裡盛開
而使我無法平靜的
是以什麼樣的小船
划過青色的河流
駛向你的期待

一九九〇・二・二十三

讓我相信

讓我相信明天，我的朋友
讓我相信
縱使時間是沒有盡頭的長路
我依然能到達遠方
讓我相信
縱使我只是湖上的一葉小舟
旅途也不會十分漫長
讓我相信
人生是一枚青色的橄欖
而你
願與我共同品嚐

讓我相信你，我的朋友
讓我相信
當我凝望夕陽的一瞬間
在另一個世界裡
你的雙眼
也會充滿寂寞
讓我相信
會有同樣的目光
在同樣的夜晚
編織一片美麗的燈火
讓我相信
如果我真的是一羽孤帆
會有一座藍色的燈塔
以溼潤的沈默
等我

一九九〇・二・五

默然

默然
你的微笑是徒勞的面具
日落。黃昏之星升起
而我只有默然
你身後。西風。長街。

輾轉了一番的春秋
只剩下滴水成冰的一派
冬天。

你要乘孤雁南去
留我。於雪落時分

所以我的眼裡
是你的無情。我的無奈
你我的無言
放歌。原野上月光如水
縈迴不斷的雲煙
出岫而去。如深色的古箏
斷弦。

春天裡讓我們默然
庭院中沒有花。沒有樹，沒有期待
輕輕地離開
眼裡滿盈了
你一袖揮灑不開的思念。和
默然。

一九九〇・一・六

時光在唱

我一直想要和你一起，走上那條美麗的山路，
有柔風，有白雲，有你在我身旁，傾聽我快樂的心。
我的要求其實很小，只要有過那樣的一個夏日，
只要走過，那樣的一次。（席慕蓉）

1

在夕陽遠去的山路上
我聽到的是什麼
是笛聲的悠揚
還是古簫的淒涼
生命原是一首古老的童謠
唱了幾千年
旋律仍舊是
雨後古寺的清燈
燈光昏黃
昏黃的黃昏
黃昏昏黃
流浪的歌手在歌聲中流浪

2

我是一枝
冬天也不能了悟的
粉白的乾枝梅

在我踏月而行的夜晚
你為什麼不用靜默
給我一個真正的保證
給我在風霜的夜晚
送上一縷安慰

而當我在落葉上
搭起藤蔓的舞台
你來做觀眾嗎？
做一個唯一的觀眾
而且永遠不要退場

那時
我會停止已疲憊了的腳步
驀然回首
眼裡是春天的曠野
是淚水
那時你會聽到
深深的寂寞之後
流光在唱

3

流光在唱
唱曾有怎樣擺脫不掉的執著
驅使我
在四季間
尋找一個美麗的傳說
在那座沈默依舊的古橋下
請留下你的目光
而且不要忘記
你
曾是那個傳說的作者

4

假若　你待我如初春的
河流
我不會怨你
也不會
把過去的美麗譜成新歌

但是
你一定會在秋天的楓葉上
看到種滿白樺的庭園
看到我將如何在每棵白樺樹上
刻上一枚心型的寂寞

5

我仍然是一個不知疲倦的歌手
我知道什麼地方有海潮在翻滾
什麼地方有流光在唱
我仍然願用殘缺不齊的積木
拼成一幅寫意的山水
一幅藍色的篇章

我仍然喜愛飄動的柳絮
喜愛如旗的菖蒲和
憂傷的海洋

但是
你能不能告訴我
我是否還可以
當雪花飄舞的時刻

在無人的林間
點起一堆溫馨的篝火
我是否還可以
任一縷流光
在你不注意的瞬間
回歸我孤獨的星座

6

在那條美麗的山路上
只要有你與我同行
我將是一片雲
輕盈出浮動的心情

約作於一九九〇年十二月

會有那麼一天

會有那麼一天
寒風中玫瑰開放
結成堅冰的希望
在鼓聲中湧動
會有那麼一天
一切化為心願

會有那麼一天
一支唱了幾千年的民謠
在風景中重現
曾經麻木了的目光
又一次注視世界
會有那麼一天
浪在山頂激盪
會有那麼一天

柔情會重溫舊夢
已經僵硬的肢體
開始在岸邊甦醒
會有那麼一天
倖存者們在淚水中相逢

會有那麼一天
我們可以不必
再背負沈重的思緒
倒下去的身影
可以不必執著地站起

會有那麼一天
一切栽種下的花種
必將在地層中萌發
在鐘聲響起的時代
我們可以於秋天之後
告別冬季

約作於一九八九年十二月

今天

今天沒有猶豫　沒有踟躕
岸在身後化為倒影
黑夜用眼睛侵蝕黃昏
今天沒有山風　沒有落葉
腳下是陳舊的歷史
頭上是如雨的星宿

今天沒有夢幻　沒有渴望
白浪在海中尋覓熱情
滿樹的紅豆燦爛
今天沒有詩歌　沒有音樂
目光填寫著空白的距離
冬天在湖邊迷茫

今天沒有火焰　沒有溫暖
小船在沙漠中出發
帆與帆張開藍色的翅膀
今天沒有漫步　沒有陪伴
風中夜色獨自徘徊
蒼鷹開始在山頂盤桓

今天沒有時間　沒有日月
人生不是一處小站
鐵軌鋪向忠誠
今天沒有期待　沒有思念
冰川滑向大海
黎明的街上灑滿紅雪

今天沒有青枝　沒有綠葉
無聲的微笑浮現
年輕的額際閃爍著火光
今天沒有告別　沒有佇立
都市的窗口在呼嘯聲中封閉
回憶在書上敲打出音節

今天沒有後悔　沒有憂傷
溶洞中水聲澎湃
天涯向一縷青煙靠攏
今天沒有空寂　沒有孤獨
漁火照耀著江邊的樓台
冰層下鬱金香開放

一九八九・十二・二十

我不能給你什麼勸慰

我不能給你什麼勸慰
就喝下這一杯酒吧
總有些東西比我們還老
也有些東西永遠年輕
我們總會有這麼一天
在臨睡前默默懷舊

當這樣的一天到來
我不能給你什麼勸慰
風吹在樹上

也吹在冬天的陽光裡
我們坐在自己的桌前
看風吹過雙眼

我不能給你什麼勸慰
我只有酒
我只有一朵傷感的花
當你疲倦的時候
我只有讓花輕輕綻放
我只有為你斟滿一杯
當你疲倦的時候

一九九八・四・一

當藍色的風蕭瑟起

當藍色的風蕭瑟起
我順山而下逃亡
腳步聲交錯在樹影之中
那是我隱身之所

離開的城市依舊繁華
電力充足，人口稠密
它們在我背後製造聲音
大口地呼吸
大聲地咀嚼
而我正如一隻黑鳥般逃逸
夏天的風拂過翅膀

我在沿途的岩石上棲息
在乾枯的樹枝上辨識方向
當淡藍色的月光
灑滿在無聲的天幕上
我化身為一抹流光
倏忽而入黑暗

這是無數逃亡中的一次
同樣有暮色在心中
同樣有藍色的風蕭瑟起

二〇〇〇・十一・二九

國家圖書館出版品預行編目資料

我與深夜一起清醒 / 王丹著 --
初版.---台北市：大塊文化, 2003
[民 92]
面；　　公分.　(catch 57)

ISBN 986-7975-68-5

851.486　　　　91022931

LOCUS

LOCUS